KB124066

문학과지성 시인선 596

# 트램을 타고

김이강 시집

문학과지성사

문학과지성 시인선 596
**트램을 타고**

펴낸날 2024년 2월 20일

지은이 김이강
펴낸이 이광호
주간 이근혜
편집 허단 유하은 김필균 이주이 방원경 윤소진
마케팅 이가은 최지애 허황 남미리 맹정현
제작 강병석
펴낸곳 ㈜문학과지성사
등록번호 제1993-000098호
주소 04034 서울 마포구 잔다리로7길 18(서교동 377-20)
전화 02)338-7224
팩스 02)323-4180(편집) 02)338-7221(영업)
대표메일 moonji@moonji.com
저작권 문의 copyright@moonji.com
홈페이지 www.moonji.com



ISBN 978-89-320-4244-2 03810

문학과지성 시인선 596

# 트램을 타고

김이강

## 시인의 말

기차는 길어
긴 건 바다
바다는 배꼽

언젠가 들었던 노래를 오래 생각해두었다가 여기에 적는다.

2024년 2월
김이강

# 트램을 타고

차례

# 1부

## 우리의 빼였던 것

## 나와 클레르의 오후

성당이나 서점을 지나 걸었다
오래된 다리 위에서 클레르가 뒤를 돌아보았다

빨리 와.
응. 빨리 갈게.

클레르의 운동화 바닥은 안쪽부터 닳는구나
걷는 사람들의 오른뺨이 석양을 받고 있다

트램을 타고 외곽으로 간 우리는
어느 황량한 정거장에서 잠시 머물렀다
낮게 이어진 콘크리트 외벽들이 푸르게 잠기어간다

돌아가는 트램을 기다리다 클레르가 말한다
눈을 깜빡이더니
크게 웃는 클레르

가로등과 가로등 사이였기 때문에 클레르의 얼굴엔
빗금처럼 어둠이 쏟아졌다

잠시 후 우린 잊고 있던 도시락 가방을
클레르의 배낭에서 꺼낼 수 있었다

## 운하에 모이기

—빗금 친 겨울, 이태원, 남산, 손은 얼어버렸고
와인 바에 당도했을 때
한꺼번에 녹아내렸다

다정하게 네 손을 찾아보기로 했어
내 검은 장갑 한 짝을 끼워놓으니 알맞았지

춥고 그립고 소용없었는데
곧 녹아서 없어질 것 같은 산을 올려다보며

시원하다고 말한 건 너야
그렇긴 했지 아이스크림 같았어
네가 준 두 권의 책
마주 잡은 두 개의 맨손

맨손으로 지어서 맨숀 아파트가 되었다고
어른들이 농담하던 아파트 얘길 했어
너는 깔깔깔
나도 깔깔깔

그런데 그것 참 이상했지

아이스크림 장수 할아버지가 우리에게
모자를 벗고 인사했지 않니?

단지 두 개를 사 먹었을 뿐인데

# 다르의 새벽

새벽이 조금 지나도 남은 새벽이 있다. 다르의 방엔 혼돈에 빠진 채 나뒹구는 술병들이 있고 굴곡진 무늬를 가진 천들과 소파, 다르의 크고 검은 친구들. 야구 중계방송. 환호와 맥주. 다르는 몰래 그곳을 빠져나왔다. 가로등이 점멸 중인 거리를 걸었다. 아직 지하에서 환한 불빛이 쏟아져 나오는 상점을 지나고 자동차 수리점을 지나고 바닥에 스민 검은 기름 얼룩들을 살금살금 밟아야 했다. 좁고 긴 날들이라고

다르는 생각한다. 다르는 그 애의 이름을 명으로 기억한다. 아마 정확한 기억일 것이다. 이상하게도 명의 얼굴을 떠올리면 사진에서 본 자신의 어린 얼굴이 그 애의 자리에 들어가 있다. 어느 순간엔 섬뜩해지기도 하는 기억의 형체에는 어떤 실마리도 없다. 그냥 그 자리에 그렇게

다르는 있다. 내내 생각을 한다고 여겨지면서. 시계탑 아래에서 나쁜 일을 목격 중인 듯이. 근처엔 유치원이 있고 놀이터가 있다. 다르는 방으로부터 멀리 떨어져 나왔음을 깨닫는다. 개를 데리고 나오지 않은 것은 잘한 일이

다. 둘이서 타기에 알맞게 짜인 두 개의 그네. 다르는 하나인데 두 개의 그네에 앉아버린 기분이 든다. 아이들이 바람을 가르며 깔깔 웃는 기분이 든다. 모두가 떠난 후에야 다르는 텅 빈 유치원 내부를 가로질러 바깥으로 나온다. 단단하게 짜인 새벽의 통로들이

다르를 넘나드는 것 같다. 여러 갈래의 좁은 길들이 나타났을 때 다르는 낮은 주택들이 이어진 마을을 지날 수 있었다. 만화책 속에 들어온 것처럼 산뜻하고 길쭉해진 다르. 명의 얼굴이 시무룩한 표정으로 기억되는 것은 사진 속 다르의 어린 얼굴 때문일지도 모른다. 다르는 이 동네가 마음에 든다. 어딘가 도서관이 있으면 좋을 것 같다고

다르는 한여름의 고요한 도서관을 상상한다. 도서관을 찾을 때까지 새벽 거리를 걸어보자고 결심할 무렵 다르를 찾으러 나온 친구들이 멀리서 이쪽을 보며 서 있다. 이제 곧 도서관을 발견해낸 후 강가로 나가서 와인을 마시고 싶어질 다르가 길 건너편을 향해 크게 외친다. 나

아! 아직 더 갈 거야아! 온 힘을 들여 외쳤는데
　공들여 바라보니 모두 다른 애들 같기도 나무 같기도 공터 같기도

　친구들인 것을 다시 알아차릴 즈음엔 모두 돌아가고 없다. 이렇게 멀리에 서서 보는 일이 혼란스럽다. 중계방송은 아직 끝나지 않았을 것이다. 길들을 되짚어야만 강 쪽으로 갈 수 있겠지. 너무 많이 써버린 새벽을 따라 다르는 비탈길을 오른다.

　와아 하고 터져 나오는 함성을 들으며 그는 자기 앞을 스친다.

# 타이피스트

그 사람은 강변에 앉아서 담배를 물고
자신이 타이핑한 문서를 점검하고 있다

그의 짧은 머리에 물방울무늬 헤어밴드
물방울무늬 헤어밴드

우리가 멀리에 앉아 있는 동안
강변의 시멘트 바닥이 따끈해졌다가 마침내
서서히 식어갈 때

당신은 다가와 저녁을 먹으러 가자고 말한다
그 사람의 스커트는 짧고
그 사람의 소매는 비었고
그 사람의 목소리는
신발을 신고 방에 들어가는 기분 같다

그 담배에 언제 불을 붙일 것인지
그 문서들을 언제 불사를 것인지

아무도 그 사람을 수상하게 여기지 않는 오후
아무도 우리를 미워하지 않는 시멘트 같은 것들

나는 중심을 잡고
물방울무늬 헤어밴드와 같은 위상의
다른 것을 하고
더 나쁘고 더 빛나는 것을 생각하고

저녁의 강변에
우리에게 해로운 중력을 알아차린 것처럼

# 클레르의 빛

오래 바라보고 있는 것은 클레르의 강물
클레르의 빛
클레르의 얼굴 같은 것

야수파 화풍처럼
클레르의 빛물에는 이상한 색들이 섞여 있고
그런 게 모여 클레르가 되었던 것이구나 생각하면
클레르는 비로소 사랑을 할 수 있다

사랑을 하는 클레르는 그 사람을 만나
아이스크림을 먹으며 길거리를 걷는 게 꿈이었는데
정말로 꿈에서 걷게 된 길은 종로도
아니고 서촌도
아닌 긴자 거리였다고

꿈도 아니고 전생도 아닌 곳에서
우린 조우 중이다

클레르에겐 무덤이 없다

클레르의 바다에
오렌지빛 석양이 곧 내릴 것 같은데
그런 걸 클레르의 비석이라고 하면
진전 같은 게 있을까

빛이 여러 겹 쏟아지는 걸 본다
부서지지 않고 투과하면서

회랑 깊숙한 곳에서
누군가 마중을 나오는 것 같다

## 여름 잎사귀

여태 뭐 하느라 늦었어? 그런 얘길 던지려는데 세희의 한쪽 팔이 내 팔을 휘감았다.

휘감기어 걸었다. 낮은 언덕들이 움푹 꺼지다가 평평해지고
우리의 팔들이 서로의 속에서 부딪혔다 풀려나고

세희는 계속 웃는다.
고개를 숙이어서도 웃고
옆을 보면서도 웃는다.

마로니에 공원에서 연극표를 두 장 샀다.
그 사람 이마에 맺힌 땀이 느리게 흘러내릴 때쯤
세희가 두 장 주세요! 하고 외쳤기 때문에

표를 파는 사람이 활짝 웃는 것을 보았다.
우리의 끝은
서늘한 숲길이었는데

그때까진 오래 남았다고 생각했다.
연극을 보게 될 것인지는
아무래도 알 수 없었다.

입구에서 표를 내밀고
극장으로 들어가는 꿈을 꾸었다.
표가 있는데도 자리가 없고
자리가 없는데도 앉아야 하는 꿈.

강가에서 와인을 뜯어
번갈아 마셨다.

팔랑이는 여름 잎사귀들.
바람이 오래 불었다.

# 해방촌 언덕

해방촌 언덕에서 내려다보았다
작은 집들 집들

오후 네 시
언덕은 한가하고 구불거리고

이 마을엔 고양이가 많고
고양이에게 오후의 빛이 있다
그들 자신의 눈빛이 비쳐 드는 순간

서점에서 놓쳐버린 잡지를 사려고 했지만
주인은 팔지 않는다고 한다
오후 네 시가 되기까지
서점 창가에 앉아
순종적으로 그것을
읽는다
해가 많고
마을이 많고
네가 많고

## 많고도 많은 오후

그 책은 특별판이고 희귀본이기 때문에
앉아서 읽고 가는 일만 허락하겠다고
주인은 다시 말한다
바로 당신을 위해

내려다보이는 언덕의
구불구불한 길들을
차근차근 되짚었다
다닥다닥 붙어 있는 이층집들 삼층집들
어떨 땐 너무 헐거운 방범 창살
너무 투명한 유리창 실내
깨지기 직전의
오후 네 시 직전

책장을 처언처언히 넘기면
넓고 둥글어질 수 있다

너는 제시간에 도착한다
안부를 묻지도 않고 다가와
이 책을 함께 짚어갈 것이다

골목 골목길
좁은 집들 낡은 집들
작은 구름 구름
낮은 겨울 겨울

# 혜화동, 테라스 작업

머리가 조금 벗겨진 에릭은 턱을 괴고 있을 때가 많다.

에릭은 그 책을 보며 놀랐다. 왜 나에게 이런 걸 주는 거야? 그런 표정이었다. 남들이 하는 것처럼 해야 하는데 우린 모두 그걸 잘 찾지 못했다. 그냥 선물이야.

그것은 어느 출판사에서 발행하는 문학 계간지였다. 에릭의 표정을 보고서야 나는 몇 개의 글자들을 손가락으로 짚었다. 이 글이 인상적이었어. 이런 이름도 인상적이지.
인상적이라니? 그런 표정을 누르는 표정으로 그는 유심하고 무심하게 내 손끝을 보고 있다.

이 손을 그만 치워야겠지. 생각하지만 그것은 계속 간다. 느리고 지루하게. 점자책을 읽는 것처럼 한없이.

모든 것이 서툴러져가는 동안
에릭이 앉은 의자 모서리가 조금씩 부서지는 것을 보았다.

다음은 에릭의 차례일 것이고 내 차례가 될 것이다.
용해되지 않는 분말로 남아서
우린 어떻게 될지.

나는 드디어 책을 덮는다. 밀도가 낮아진 에릭에게 말한다. 그가 고개를 끄덕이는데 그게 무슨 뜻인지 알 수 없다. 실내에서 누군가 문을 열고 나오자 따뜻한 공기가 우릴 덮친다.

날은 미세하게 흐리고 딱딱하다. 이런 날씨엔 아무도 테라스에 앉지 않는다. 아직 털을 끈 그것이 마지막까지 테라스에 남아 있다.

# 우리의 뼈였던 것

그 애의 이름은 남경이었다. 내 등의 뼈마디들을 자꾸만 만지던 그 애. 안경을 쓴 단발머리 그 애. 왜 자꾸 내 뼈를 만지는데? 묻지 않았다. 남경을 보며 웃으면 그도 싱그럽게 웃어 보였다. 작고 마른 여자애들에게 살아난 빛 같은 것. 왜 너는 튀어나온 뼈들이 이렇게 많은지. 복사뼈처럼 튀어나온 손목 바깥쪽을 만지면서야 남경은 말했다. 이렇게 뼈가 있구나 하고. 사람의 뼈는 이렇게 생겼구나. 남경은 자신의 턱을 가리키며 말한다. 이것 봐. 이건 내 뼈. 이번엔 내가 손등에 힘을 주어 들어 보인다. 이건 내 뼈. 우리의 쇄골뼈. 어깨에서 팔로 떨어지는 앙상한 뼈. 주름 사이로 튀어나온 뾰족한 팔꿈치 뼈. 덜 자란 골반뼈. 부드러운 살갗이 지나가는 무릎뼈. 그렇지만 끝내 등허리에 튀어나온 그 뼈. 얇은 셔츠로는 감추어지지 않는 뼈들에 대해선 말하지 않지.

교정엔 자갈이 깔려 있다. 너 백 미터 23초라며? 넌 11초. 그래. 난 11초. 남경의 얇고 긴 다리가 달리고 있다. 무릎 뒤편의 뼈. 그건 내가 끝내 말하지 않던 뼈. 가늘고 튼튼하게 튀어나온 뼈들이 나타났다 사라졌다 하면서.

## 낮잠

식구들 다 같이 낮잠을 자고
저녁에 일어났다

일어나야 하는데
모두 누워서

리츠칼튼 호텔 이야기
황금 소로 이야기
경복궁 꽃 핀 이야기
레이먼드 카버 이야기

그때 갑자기 누군가 벨을 누른다

모두 벌떡 일어났다

휴—
택배였어.
그러게 택배였네.

창밖의 저녁 빛깔을 확인하고
배가 고프다며 다시 누워
거위 이야기
굴뚝 이야기
낙타 이야기

이 많은 일들을
언제 다 할 수 있을지

우리 중 한 명이 거위처럼 걸어가
택배 상자를 열자
밤이다

# 어느 가족

각자 위치로 가서
창문을 활짝 연다

오렌지빛이 쏟아지고 있다

오후에는 청소를 하고
깨끗한 바닥에 누워 노을을 보기로 했다

노을을 보다 잠이 들 수도 있는데
배가 고픈 걸 참아야 할 것인지

긴 논의는 하지 못하고
청소를 끝내고 일단 눕기로 했다

오렌지빛이 조금씩 멀어지다
가장 멀어졌을 때

갑자기 덜컹
책장 한쪽이 무너져 내렸다

책도 몇 권 없는데 왜 이럴까

몇이서 책장을 받치고 있는 사이
몇이 어딘가로 전활 걸고
몇은 책장의 책들을 바닥으로 옮긴다

오렌지빛 노을이
조용히 스며들고 있다

# 운하에 모이기

밀라노에 가서
모기 때문에 고생했다
젠장, 모든 걸 다 바쳤는데

그런 아이들이 운하에 모여
모기에 뜯기며 놀았다
턱수염 난 연주자가 관악기를 불었다
관악기는 부는 것인데
김수영은 왜 빨아들이는 것이라고 했을까
그것도 우주를

중동 아이들에게서 모기 퇴치제를 샀는데
다리에 뿌리니 시원했다

## 창경궁에 갔다

창경궁에 가려고 했던 것이 아닌데 어쩌다 보면 창경궁에 가게 된다. 창경궁에는 꼭 그렇게 해서 간다. 결국엔 그렇게 가게 되는 게 좋아서 창경궁에 간다. 가을밤이 가장 멋지다는데 항상 한여름 한낮에만 가게 되는 것도 창경궁이다. 창경궁에 가면 홍상수 얘길 해서 좋다. 홍상수 얘길 하고 나면 그 사람을 알 것 같은 기분이 든다. 이쯤에서. 응. 이쯤에 선희가 서 있었나? 연못가에 서서 그런 얘길 해도 수상하게 여기지 않는다. 울타리 앞에 서 있으면 비로소 동행자와 내가 서로를 볼 수 있다. 이 울타리는 연못을 위한 것인지 사람을 위한 것인지. 그런 눈빛을 느낄 때도 있다. 안내소에서 얻어 온 책자를 매번 쓰레기통에 집어넣고 나오면 다시 창경궁이 궁금해진다. 다음번에 갈 땐 버리지 말고 가방에 넣어 와야지 생각하고, 같은 걸 되풀이한다. 한여름 한낮에 땀을 뻘뻘 흘리며 창경궁을 걸으면 좋다. 그런 게 끝나고 우동을 먹으면 좋다. 해마다 여름에 하면 좋다.

# 카즈미 없이

잠시 후 자취방에 책을 가지러 다녀오겠다고 말해놓고 카즈미는 오지 않는다. 우린 벤치에서 꼼짝 않고 앉아만 있는데. 기다린다고 우리가 얘기했었지? 틀림없이 말했지. 여기서 기다릴게. 분명하게 말했어. 카즈미는 기다리는 우릴 기다리고 있는 것일까. 카즈미의 자취방은 버드나무 앞 큰 도로를 건너면 있는 4층 건물의 3층에 있다. 창문이 너무 작아서 낮엔 조명처럼 약하게 반짝인다. 카즈미의 창문을 중심으로 벽을 따라 책이 뒤덮여 있다. 책장은 없지만 책을 잔뜩 데려다 놓고 살아가는 일. 기다리는 우릴 기다리는 건 말이 안 돼. 그 애가 방으로 가려고 일어서기도 전부터 기다리고 있었잖아. 그렇지만 카즈미는 그 동굴 같은 방으로 들어가서 책을 찾고 있으리란 걸 우린 알고 있다. 벽을 따라 겹겹이 쌓아 올려진 책들을 보며 계속 우릴 떠올릴 것이다. 저 애들에게 돌아가야 할지, 그런 생각을 할까. 우린 결국 메시지를 보내기로 한다. 카즈미. 샌드위치 먹으러 갈래? 우리 이제 너의 자취방 근처로 이동하려는 참이야. 하지만 아직 우린 벤치에 꼼짝없이 앉아 있다. 언젠간 버드나무가 사라지고, 이곳 풀밭도 벤치도, 이따금씩 나타나는 토끼도 사라질 것이다. 그런 건 알지도 못하고 상상하지도 않은 채 우린 벤치에 앉아 있다. 카즈미의 오후를 생각한다. 생각하지도 기다리지도 않는 오후 저편에서 카즈미가 걸어 나오기도 할 것이다. 카즈미는 메시지를 읽지 않는다.

## 잘 알지도 못했지만

당신이 사 준 책상엔 서랍이 달려 있어요
부드럽게 열렸다 느리게 닫히는군요
내부는 눈부신 빛깔의 자작나무예요

당신의 선택이 옳아요 사실은
슬며시 비난했던 그 스피커도 아주 탁월했어요

부드럽게 느리게
누워 있으니 좋군요

흩날리고 있어요
구두에 쌓이기도 하는군요 바깥은

거대한 수거함 내부 같은 밤
누군가 남기고 간 짐들이 빈 거리에 기어 나오는 밤

고급 레일을 사용한 덕분이겠죠
눈은 멈추지 않고 오래 내립니다

오늘 저녁엔

이 말을 해야겠다고 생각했어요

부드럽게 열렸다 느리게 닫히는 것이

있어서 좋군요

# 2부
## 서머타임

# 해수욕

물살을 가르며 평희가 다가온다

같이 가.
그래 빨리 와.

마침내 도착한 평희가
튜브 맞은편을 붙잡는다

알맞게 두 명이 매달린
해수욕을 하는 바다

다리를 움직이면
해초가 감겨오는 곳

그런 해변을 따라 걸었다
금세 몸이 마르고
옷이 마르고

평희 손엔 내 신발

내 손엔 평희 신발

뜨거워진 발바닥을 털며
평희가 말한다

다시 바다로 돌아갈까?

우린 뒤를 돌아본다
해변은 아직 북적인다

## 평희에게 말했다

평희야, 너 등에 붙은 거미.
평희가 그대로 멈추었다

해가 비스듬하게 떨어지는 오후에
따뜻한 평희 등에 오른 거미가 느리게 걷고 있다

지팡이 짚고 걷는 노인처럼
느릿 느릿

평희가 묻는다
어쩔까?
어쩌긴. 그냥 걷자.

평희가 무릎을 곧게 펴더니
콩콩 하고 스프링처럼 뛴다

평희가 고맙다고 했다
내가 거미 쪽으로 왔다는 것이다, 오히려

거미는 목으로 걸어갈 수도 있고
평희의 브이넥 셔츠 안으로 기어 들어갈 수도 있다

그렇지만 오늘따라 평희는
소매도 없고 배꼽까지도 못 가는
시원한 옷을 입었다

걱정 말렴, 모든 길이 탈출로야

## 서머타임

평희의 밀짚모자가 걸어간다
밭이랑을 따라 해안선까지 닿는 것
모자를 쓴 평희뿐이다

둘이서 마루에 누웠다가
저녁을 해 먹었다

저녁인 줄 몰랐는데
밥상을 들고 나오는 평희의 목과 얼굴에
해가 기울어 비추었다
멈추어 서로를 바라보던 일

저 애가 가는 곳은 어디일까

마루로 돌아와서 지도를 다시 펼치고
손가락을 짚어 해안을 따라 걸었다
끝나지 않았다

이런 것이 백야구나

평희 것과 같은 모양의 모자가
벽에 걸려 석양을 받는다

밀짚모자를 쓴 평희가
해안선을 따라 걷고 있을 것이다

# 벨파스트의 시청 앞

벨파스트의 시청 앞에서
과일이 담긴 봉투를 들고 그가 서 있다

내 쪽으로 걸어오더니 한 입 베어 먹은 사과를 주며
어딜 가냐고
나는 한 입 더 베어 먹은 사과를 돌려주며
시청에 왔다고

우린 사과를 함께 먹는다
벨파스트엔 어쩐 일인지
벨파스트 시청엔 어쩐 일인지
묻지도 않고

시청 앞에서 사과를 먹는다

너는 뼈만 남은 사과를
맞은편 숲 쪽으로 멀리 던지더니

줄 것이 없다며 과일 봉투를 몽땅

품에 안겨주고 가버리는데

시청에 온 이유를
생각할 수 없게 되고

어느 방향쯤에 바다가 있었는지
걸음을 옮길 수 없게 되고

사라진 너를 보는 자리에서
이 일을 누군가에게 이야기해야겠다고 생각한다

무거운 봉투에 대해서
모두가 떠난 벨파스트의 시청에 대해서

## 바흐 이덴

새벽에 바흐 이덴은 산책을 나섰다.

그는 경찰들이 서 있는 성 아래를 지나 구시가지를 향해 걸었다. 밤하늘에 덮인 먹구름 사이로 더 짙은 하늘의 빛이 쏟아지고 있다. 낮에는 관광객들 앞에서 바이올린을 켜던 수도사들도 지금은 보이지 않는다. 성당 문은 잠겨 있을 것이다. 머플러를 고쳐 맨 그가 성당 문을 두드린다. 문 앞에 배열된 긴 의자들, 성수가 흐르는 물길, 반짝이는 마리아상을 생각한다. 스테인드글라스 빛이 바깥으로 퍼져 나오고 있다. 다시 문을 두드린다. 그는 수도사들이 바이올린을 연주하던 계단에 앉았다. 성 아래 마을로 돌아가기 위해서는 다리를 지나 경찰들의 검문을 다시 받아야 한다. 그러고 나면 동이 틀 것이고 성당 문은 열릴 것인데. 그저, 카를교를 세 번쯤 지나면 되겠구나. 그는 생각한다. 천천히 걷는다. 다리를 따라 늘어선 동상들을 올려다보며 걷는다. 한 번 연주가 끝난 스메타나의 음악이 바흐 이덴의 생각 속에서 새롭게 시작된다. 조국을 위하는 제목을 가진 덕에 원 없이 연주해도 방해받지 않은 곡. 그가 검은 옷을 입은 사제였던 날들. 바흐 이덴에게 부여된 아름다운 발음의 이름.

바흐 이덴은 카를교를 세 번 지나지 않았다. 동은 텄다. 탄탄하게 다져진 팔과 다리를 가진 사람들이 조깅을 한다. 바흐 이덴에게도 그런 것이 있다. 강물을 바라보고 있는 그의 곁에 아이 하나가 다가선다. 그 앤 다정하게 바흐 이덴을 올려다본다. 이곳이 마음에 드는 듯 바흐 이덴의 곁에 서서 유구한 물결을 바라본다. 그는 계단으로 돌아가야겠다고 생각한다. 유일했던 그 이름으로 그곳에 입장해야겠다고 생각한다. 두드리지 않아도 지금쯤 문은 열려 있을 것이다. 닫혀 있는 동안에만 그곳에 갈 수 있음을 그는 깨닫는다. 모든 성상을 만진 손을 향해 아이가 손을 내민다. 아이의 눈에서 빛이 바깥으로 퍼진다.

그는 카를교를 건너간다. 그가 빠져나온 형태로부터 아침이 벌어진다.

# 실측

아홉 시엔 일어나야 한다던 너는
아홉 시가 되자 소주를 한 병 더 시키고
계속 마신다

여기에 앉아 있을 이유는
피차 없는데
그냥 술을 마신다
무슨 말이라도 실컷 하면서

점에서 시작해서 면으로
퍼져가는 너를 보느라
터틀넥을 자꾸만 늘어뜨리고
그물코를 흩트리고 말았는데

하얀 접시가 공간을 넘어서는 순간이
다가오고 있다고 생각했다

이제 일어날까?
물어도 너의 목소리는 멈추지 않는다

새벽에 폭설이 내린다고 했는데
아직 바깥엔 아무 일도 없이

얼굴 사이에 떠 있던 거대한 구름을
슬며시 밀어내는 너

떨어져 쌓이는 것을 본다
접시의 넓이에 맞추어

## 산들바람처럼

그 사람이 좋은데
이상하게 그 사람은 다 좋은데
나에게 보내야 할 것을 보내지 않는다

나는 그에게 지속적으로 미숙한 항의를 했다
가볍고 산뜻한 향기가 나도록
산들바람처럼 말했다

그러나 그는 보내지 않는다
영영 보내지 않는다

붉은빛이 느껴져서 눈을 떴을 때
빨간 전화 부스 앞이었다
전화기의 그림자
나무로 둘러싸인 길
이런 곳에서
그 사람이 보낸 걸 받으면 좋겠지
한 아름 받는다면 좋겠지

빨간 전화가 울리고 있다
나는 부스 안으로 들어가
전활 받는다
수화기 저편에서 소리가 들려온다

가볍고 산뜻한 향기가 나도록
그런 걸 들을 수밖에 없는 날

동전을 넣고
여러 개 넣고

# 서머타임 클레르

파라솔 그늘에 덮여 있다

근처엔
커다란 타월에 덮인 사람들

태양이 덮쳐오는 곳에
클레르와 나

둘이서
말한다

비치 발리볼을 하는 아이들이
클레르의 언어로 떠들며 다가온다

공을 건네주며
크게 웃는 클레르

바다가 덮쳐오는 곳
국경 근처에서

클레르가 말한다

입술이 움직이는 것을 듣는
오후의 해변

누군가 타월을 걷어내자
모래가 쏟아진다

# 서머타임 클레르

클레르의 재킷 안주머니에 아직 접히지 않은 나이프가 있다. 딱딱하게 굳은 것들이 조금씩 우리의 저녁으로 비집고 들어오는 시간. 피부로 막혀 있는 노을이 풀리지 않고 멈춰 있다. 우린 지도를 펼치고 내일 걷고 싶은 구역을 각자 표시한다.

여긴 강이 없어. 대신 직선으로 땅을 메운 바다가 있지. 커다란 컨테이너 모양의 건물은 아마도 쇼핑몰일 거야. 내일은 이 앞에서 만날까? 저녁 여섯 시? 그래, 저녁 여섯 시.

거대한 컨테이너 앞에 서 있는 클레르가 모형 인간 같다. 오랫동안 지도를 보다가 담배를 피우고 옆 사람과 무슨 말을 주고받는다. 잠시 후 그는 다시 지도를 펼친다.

지도 속에서 클레르의 지역들은 반복되어 흐른다. 메워지지 않는 강들이 범람한다. 나는 클레르를 부르지 않은 채 컨테이너를 등지고 걷기 시작한다. 보폭은 크게. 재킷 안주머니에서 클레르의 나이프를 꺼내어 천천히 손에 움켜쥔다. 바닥에 떨어진 것들이 항구의 직선을 따라 유기되고 있다.

저녁이 흘러넘치는 것을 본다. 퇴근 행렬이 오래 이어질 것이다. 클레르가 멀리에 서 있다. 그의 둥그렇게 굽은 등이 보인다.

# 휴가 계획

상점 창틀에 팔꿈치를 풀어두고
아이들이 길거리에 서서 맥주를 마시고 있다

모두 아는 애들이다
어젯밤 경기에서 누가 이겼는지 물으려는데
아이들이 들뜬 목소리로 말한다
요트 타러 가지 않을래?

어디서 타, 요트를?
그러니까 어디 좋은 데로 가야지.
어디가 좋은데?
어디가 좋을까?

어디가 좋을지
아이들 옆에 서서 맥주를 마신다
여기가 아니면 풀어둘 곳이 없다는 듯
정박해 있는 여러 개의 팔들

유리컵 표면에 물방울들이 매달렸다 흐른다

집에 가자.
누군가 이야기하면
바닥에 내려놓았던 가방이나 재킷을 들고 나선다
빌딩 불빛은 아직 환하다

어디가 좋을지
어디 좋은 데가 있을지

모두들
내일 보자고 인사한다

## 앵무새 피노키오 타자기 지중해

알고 보니 그곳은 모자 가게였어. 마침 문을 닫은 그 집 앞에서 우리들이 장난을 치는 동안 잠깐 숙이었던 비가 거세지고 장화 신은 애들은 처마 밖으로 나와 첨벙거리고.

모자 가게 안에는 아주 오래전부터 만들어놓았을 모자들이 수심에 찬 듯 걸려 있었지. 이곳 문이 열리면 꼭 구경하러 오자고 수영이 얘기하자 미지가 맞장구치고 우현이 나서서 지금 유리 너머로 다 보이는데 뭘 또 오냐고 물었지. 그때 나타난 사람.

붉고 둥근 모자를 쓴 할머니가 느리게 걸어와 구식 열쇠를 돌려 문을 열었어. 쇠로 된 열쇠를 푹 끼워서 말이야. 그런데 그날 우리 왜 모두 도망쳐버렸을까? 할머니에게 인사하고 모자를 좀 보여달라고 부탁했으면 어땠을까.

그냥 그런 생각을 한다. 문 하나를 여는 일. 열쇠를 푹 끼워서 돌리는 일. 다른 공기 속으로 들어가는 일.

처음엔 다들 모자를 다른 걸로 착각했잖아. 수영이는 앵무새로, 미지는 피노키오로, 우현이는 타자기로. 그런데 제일 웃긴 건 보라색 장화를 신은 보라였어. 가장 안쪽에 걸려 있던 보라색 모자가 처음엔 바다로 보였다는 거다. 푸르고 붉은 창밖의 지중해.

수심이 깊어 보였던 그것을 열고 들어가서 할머니는 무엇을 하고 있었을지. 앵무새로 착각되는 모자를, 피노키오로 타자기로 착각되는 모자를 누군가에게 팔아본 적 있을지.

비가 한참 오던 성북동에서
우린 모자를 보았네
수심에 찬 모자로 착각되는 것들을.

## 창덕궁에 갔다

그 사람이 힘들다고 했는데
나는 저 문턱을 넘는 일이 재밌을 거라고 말했다

창덕궁 입장권은 창경궁보다 비싸고
카페가 있다
힘든 그를 위해 우린 카페에 들어가기로 했다
카페에 앉아 방금 지나온 창경궁 생각을 했다
호수가 있었지
호수를 지나면 작고 아름다운 식물원
식물원 앞의 분수대
분수는 나오지 않았다
대신 우린 물줄기가 어떻게 뿜어져 나올지 상상한다

동그랗고 매끈하게
저 아래로 고요하게
떨어지진 않는
작고 사소한 불운들

바람이 불어서 머플러를 날려 보내는 사람이 있다

자꾸 힘이 빠져서 흐늘흐늘해지는 것이 있다

온 힘을 다해 창덕궁에 입장했는데
이젠 어떡할지

문턱을 넘으면 다시 창경궁이다
돌아가는 길에 식물원 앞 분수대에 또 가보기로 했다

그 사람이 힘들다고 했으니
그렇게 하지 못할 수도 있다

그렇게 하지 못할 수도 있지만
그런 것을 생각하며

의자로부터 일어선다

# 아키타

저녁이면 창 바깥으로 펼쳐지는 것들을 구경했다
바다도 있고 황혼도 있고 가로등도 있고
건너편 헬스클럽에서는 사람들이 뛰고 있다

나는 아무래도 결혼은 못 할 것 같아.
왜 그렇게 생각해?
그냥 그런 느낌이 들어.

언젠가 그가 나에게
버스를 한 시간도 넘게 타고 와서 한 말이었다
그냥 그런 느낌이 들어.

재클린 듀프레이 같구나. 죽기 전에 자기 언니에게 그렇게 말했대.
그냥 그런 느낌이 들어.

그늘에는 녹지 않은 눈이 단단하게 얼어 있다

우린 아직 내리치는 진눈깨비를 맞으며 버스 정류장

까지 걸었다
그리 멀지 않았다
아키타라는 고장에 대해 이야기했는데
그런 제목의 음악도 있다고 그가 말했다
그런 이름을 가진 사람도 있고 책도 있을 것이다

어떤 날이 되면 우리도 저런 데서 근육 운동 같은 걸 하고 있을까?
헬스클럽의 통유리가 환하게 빛나고 있었다

우린 계속 걸었다
그리 멀지 않은 정류장까지
아키타 다음 이야기들을 이어갔다
어떤 것은 무한했다

한 시간도 넘게 버스를 타야 할 그 애를
어떻게 배웅해야 할지
아직 그런 생각을 한다

## 정동, 테라스, 사건들

테라스는 춥고 흐리고 바람이 분다
테라스는 늘 춥고 흐리고 바람이 부는 때에 있다

커피를 다 마신 후에도
책을 다 읽은 후에도
떠나는 게 싫어서 계속 그런 때에 있는 테라스에

사람들은 앉지 않는다
유리창 내부에서 부드러워 보인다
사람들이 소곤소곤 있고
시간이 일 초 이 초 삼 분 오 분
흐를 때마다 조금씩 조금씩
그러다 무더기로
늘어나는 것 같다
와글와글 그런 입자들이 가득 차 있는 것 같다

테라스가 있다
철제 테이블과 의자가 있다
아직 문이 열리지 않은 것처럼

등받이 의자들이 모두 테이블 쪽으로 기울어 있다
그들 모두 머리를 맞대고
중요한 일에 대해
어떤 끔찍한 사건에 대해
침울하게 논의 중인 것처럼
있는 것 같다

수상한 기분이 든다
폐허 같은 테라스에 앉아서
책을 읽고 타이핑 하는 게
머릴 맞대는 게
그러는 게
그럴 수 있는 게
그럴지도 모르는 게

## 세리머니

경을 묻는 길
몸에 좋은 음식을 먹으며 지내는지
물으러 가는 길
와인을 마시자고 했지만
어떤 음식이 좋을지 내내
생각하며 걷는 길

어젠 낙원상가에 갔는데
오래전 장미목 기타를 샀던 가게가
아직 그대로였다
네가 모르는 전염병에 대해
설명하길 멈추고
이곳 극장에서 보았던 영화 몇 편을
묻는 길
대답은 자꾸 돌아오고
우리의 길이 이렇게 이어지면
우리의 길이라 말해도 되겠지

너를 찾으러 가는 길

넓은 공원에서 무슨 괴물 같은 게 나왔어
슬퍼 보였지
오래 곁에서 걷다가
자기 집으로 갔어
다른 애들처럼 그 애의 집은
검은 강바닥 아니면
오래된 집의 지하실일지
다른 우리처럼

좋은 음식을 먹으며 지낼 리 없다
그렇지만 곁에서 걸을 수 있는 시간

나는 무거운 봉투를 열어서
잔뜩 풀어헤쳐서

# 우리가 남아서 걸어가면

넌 죽었잖아.
내가 말한다

그가 말한다
아니 뭐, 그렇지.

그를 끌어안는다
그동안 어딜 다녔는지 묻지 않는다

차가운 등을 오래 쓰다듬으면서

그도 지금 나를
껴안고 있는지 궁금했는데

그렇지
뭐, 그렇지

우리가 남아서 걸어가면

꿈인 줄 알았던 밤을

살아갈 수 있을지

우두커니 끌어안긴 우주 속에서

## 3부

## 운하에 모이기

## 데이빗 안젤라 티리에

폭포수 같은 겨울 지방의 한 소도시에서 데이빗과 안젤라와 티리에는 모자를 푹 눌러쓰고 머플러를 칭칭 감은 채 추위에 덜덜 떨고 있다. 그들에게는 지나간 과거가 없다. 모든 게 현재형인 상태로, 언제나 덜덜 떨고 있는 상태로, 커다란 눈을 부릅뜬 상태로,

데이빗은 안젤라의 아파트 앞까지 따라왔다. 티리에를 만나러 이곳 도시에 왔지만 밤이 되자 마치 안젤라를 위해 온 것처럼 그 집 앞에 당도했다. 그에겐 잘 곳이 없다. 화장실에서 자겠다니, 데이빗, 말도 안 돼. 상가 건물의 화장실 앞에서 둘은 한동안 가만히 서 있기만 했다. 안젤라의 아파트 불빛은 노랗다. 그런 시간이 흐른다.

안젤라는 곧 누군가에게 전활 건다. 데이빗을 재워줄 누군가. 이곳에서 너를 재워줄 사람이 있을 거야. 너를 아주 잠시. 네 몸을 단 몇 시간 동안 눕게 하는 거잖아. 데이빗이 잊고 있었다는 듯 목소리를 내어 말한다: 원래 그런 게 어려운 거야. 단지, 나를 단, 몇 시간, 그저, 눕게 하는 것.

여러 해 가운데 손에 꼽을 정도의 행운이었을 것이다. 따뜻한 잠자리에서 밤을 보낸 데이빗은 다음 날 아침 안

젤라의 아파트 앞으로 돌아와 있다. 머플러 위로 솟아 있는 얼굴. 안젤라는 그 얼굴을 본다. 아직 따뜻한 손처럼. 아직 녹지 않은 얼음처럼. 안젤라가 몸을 돌린 쪽으로 데이빗도 몸을 돌려 걷는다. 이렇게 가면 어디가 나올 것 같아? 데이빗은 대답하지 않는다.

먼바다를 향해 서 있다. 기차 시간은 얼마 남지 않았다. 안젤라도 바다를 향해, 티리에도 바다를 향해. 모두가 바다를 보고 있다. 등 뒤에 안젤라의 아파트가 조그맣게 보인다. 누군가 등을 돌리자 나머지도 등을 돌린다. 도시는 추위에 익숙해져버린 북쪽 마을처럼 고요하고 하얗다.

셋이서 떨고 있는 바다. 이 바다를 건너 기차는 당도할 것이다.

티리에는 지난밤의 일들에 대해 얘기한다. 데이빗과 안젤라를 그렇게 둘 수밖에 없었던 사정에 대해. 티리에를 안심시킬 행운에 대해 데이빗과 안젤라가 얘기한다. 티리에의 밤과 안젤라의 밤과 데이빗의 밤이 서로 다른 불빛에 어른거린다. 티리에는 데이빗과 동행하지 못한다. 안젤라는 학교로 간다. 도시는 산산이 갈라질 것이다.

머플러 위로 솟은 그림자들.

그들의 형체가 얼어붙어.

# 호숫가 호수 공원

죽은 나무 이파리들이 굴러다니는 호숫가를
지나면 식당이 있다고 했다

모자를 쓴 그와 내가 만나
손을 잡고 걷기까지
오랜 시간이 흘렀다

왜 모자를 썼어?
그냥.
그냥?
아니, 자꾸 머리칼이 어디로 사라지잖아.

나는 그의 손을 만져본다
우리의 손가락들이 겹겹이 늘어나 자라는 것 같다

걸어도 호수는 보이지 않지만
여기는 호숫가 호수 공원

여길 지나면 식당이 있는 거지?

응. 울타리를 둘러 가면 천천히 보인댔어.

우린 천천히 손잡고 천천히 걷는다

여기 어쩐지 사라지고 있는 것 같지 않아?
내가 어깨를 움츠리자 그도 어깰 올린다

햇살이 털실 뭉치처럼 굴러다니는
구역으로 접어들었다

그의 얇은 몸이 이파리처럼 걷고 있는데
머리카락이나 바람이나 깃털처럼
조금만 움직여도 다른 세계로 옮겨 가는 것은 아닐까

그런 순간이었을 때
그가 햇빛 사이 어딘가를 가리켰다

울타리 너머에서 슬며시 호수가 어른거리고 있다
자라난 손가락들이 툭 툭 쏟아지고 있었다

그저 레코오드판 바늘 튀어 오르듯*
어느 오후에 일어난 일이다

마지막 남은 손을 잡은 채로

우린 드디어 식당에 도착하고
근사한 저녁을 시작한다

테이블 위의 작은 촛대에
불이 켜진다

* 기형도, 「레코오드판에서 바늘이 튀어 오르듯이」, 『길 위에서 중얼거리다』, 문학과지성사, 2019.

# 보수공사

네거리에 네 개의 모퉁이가 있고
그중 하나의 모퉁이에 그가 서 있다

우산을 쓰고 핸드폰 빛을 들고
나를 향해 손짓하는 것이 좋다

검고 긴 그 애
짙은 밤에도 눈빛이 선명하다

빗속에서 우린 담배를 나눠 피웠다
하얗고 푸른 연기가 또렷하게 보였다

오래된 가요들이 흘러나오는 곳에선
보수공사가 진행 중이다
우린 거기로 들어가서
맥주를 마신다
사장은 한때 우리의 친구였다고 하는데
너무 오랜만이라 기억하지 못한다

목재와 공구 들이 뒹구는 바에 앉아서
빗속의 밤이 지나가는 것을 본다

비 내리는 네거리 모퉁이에서
빛을 들고 서 있는 너

신호등은 바뀌지 않는다
짙은 밤에도 눈빛이 선명하다

## 보수공사

여러 해 전 폭설이 왔을 때
폭설을 헤치고 내가 도착했을 때
차를 따르며 당신이 말했다
남은 책을 전부 가지세요. 모든 걸 두고 갈게요.

당신도 모르게 새어 나왔던 눈빛처럼
오래된 옷에 희미하게 번진 흔적처럼

물걸레질을 자주 한 마룻바닥은 광택이 사라지고
틈새는 더욱 벌어지기 시작했다

밤도 낮도 없이
저 틈새로 다른 세계의 것들이
들어가고 나오기를 반복하지

나오는 존재는 하얗고
들어가는 존재는 어둡다

마르고 갈라진 그 뒷면에

깃털 같은 것을 만들어 주고 싶은데
이상하게도 그것들은 나를 볼 수 없고
만질 수 없고
들을 수 없고

모든 걸 두고 갈게요.
당신이 말했을 때 묻지 못했지

바닥을 닦는다
사이로 스치는
조용한 발목들

그것들이 놀라지 않도록
주의를 기울이고 있다

# 화요일에 비가 내리면

화요일엔 당신을 따라 천변을 산책하기로 했습니다. 걷다 보면 종로에도 닿고 남산에도 닿을 것이죠. 비 내리는 화요일. 당신은 없고 서울도 없이 화요일만 남아 비를 맞습니다. 우린 그것이 마지막인 줄 모르기에 서로를 감싸 안고 등을 쓸어주고 깊은 눈을 가만히 들여다보고

그렇게 할 생각은 못 하고요.

내일은 패션쇼에 초청을 받아서 가기로 했습니다. 처음 가보는 장소인데 서울이 얼마나 좁은지, 아마도 누구인가 마주칠 것이 분명합니다. 과연 누가 될까요? 비 내리는 화요일. 약속을 기억한 당신이 오른쪽 다리를 왼쪽 다리 위에 포개어 앉아 모델들을 바라보는 상상을 합니다. 그렇지만 당신은 내가 들고 간 작은 인형들을 보며 한참이나 겸허하고 애틋한 표정을 짓죠.

내일이 되어도 저는 이곳에 갇혀 있습니다. 그건 오늘이에요. 오늘도 어제가 되고 어제도 언젠가 마지막이 되어 꼼짝없이 갇혀버릴 것이죠. 우린 시간이 없다고 생각한 적이 없는데 시간은 늘 있다고 생각한 적도 없이. 와

인 마시지 않았나요? 걸어 다니고 손을 잡고 길가에 늘어선 상점들을 구경하고요. 비 내리는 화요일. 어디엔가 있다고 생각하면 좋은 것들 중 하나이죠.

그건 꿈도 희망도 아닌데. 우린 어느 극장에 나란히 앉습니다. 막이 오르기 전 안내 요원들이 우리에게 다가와 이야기합니다. 극장 내에선 물을 제외한 음식물을 드실 수 없습니다. 당신과 내가 키득거리며 막대사탕을 깨물어 먹기 시작할 때 무대에 불이 켜집니다. 조명은 때때로 우리를 향하고요. 눈이 부셔서 가늘어지기도 합니다. 당신에게 패션쇼에 가자고 말하자 눈이 부셔서 싫다고, 그날 그렇게 정했죠.

비 내리는 화요일. 천변을 걷습니다. 오른 다리 왼 다리 번갈아가며. 오른팔 왼팔 번갈아 공평하게. 다리 아래 벤치에 다리를 포개어 앉은 당신이 멀리서부터 나를 바라보고 있습니다. 서로를 향해 가늘어지고 있습니다. 나는 당신을 발견합니다. 인형을 든 손을 높이 들어 흔들자 당신이 손을 길게 뻗습니다. 손들이 비에 젖어가고 있습니다.

## 버스 정류장

네가, 가니
내가, 가니

그런 것을 정할 줄 몰라
오늘은 내가 버스를
타려고 한다

오래 앉아서
달리려고 한다

서 있는 사람에게
가방을 들어주겠다고
말하려고 한다

가방을 받아서 끌어안으면
생각을 하게 되고
고개를 넘게 되고

무언갈 말하려는 찰나의

너를 끌어안고

내가 갈게
내가 다시 올게

그런 얘길 하려는
찰나에

우리 이야기는 잠깐
밑줄 그어진 채
엎드려서 일어나지 않고

# 여름 정원

그의 허리에 묶여 있던 리본이
잎사귀 그림자들과 함께 흔들리고 있다

벤치에 앉아 그런 걸 보고 있으면
오래전에 지나가버린 장마 같고

우린 산더미처럼 쌓인 이야기들을 향해 걷는데
그런 것들은 항상 비가 온 후의 물방울들 같고

가까운 미래들이 반음계씩 내려가면
다시 이 숲에 이르게 된다

그가 돌아서서 벤치로 왔을 때
작고 꿈틀거리는 달팽이 같은 걸 상상하며 손 내밀었을 때

내게 올려줄 것이
그저 맨손인 것을 알게 되었을 때

꿈에서 깨어난 사람처럼
다시 온 여름에 대해 생각하게 된다

손을 맞잡은 숲의 계단은
기하학적으로 겹치었다 분열하는 것이었는데

사뿐히 늘어나고 나면
다른 세계의 무릎 위로 옮기어질 일만 남은 것 같고

여름은 오고
잎사귀는 검고

벤치에 앉아 이런 걸 생각하고 있으면
아직 이르지 못한 이야기 같고

옮기어진 달팽이를 오래 구경한다
그가 내게 손을 뻗을 것이다

# 타일

바닥은 거대하고 평평했다. 하얗고 깨끗한 장소다. 그렇지만 여긴 사람들이 신발을 신은 채 다니는 곳이므로 나도 벗을 수가 없는 곳. 의자에 앉아서 물끄러미 희고 깨끗한 것을 구경한다. 발자국들이 찍힐 때마다 목이 가렵다.

평평해서 미끄러지기 쉬운 일들. 매끈한 신발을 신고 두번째로 도착한 사람은 카. 카의 외투를 받아주었다. 다행히도 말수가 적은 카. 그와 나의 침묵이 바닥에 하얗게 쌓인다. 벽에도 천장에도. 우린 각자 이것들을 바라보고 있다. 세 사람이 더 도착할 것이다.

이곳을 어떻게 청소하지? 드디어 카가 묻는다. 그렇지? 이렇게 하얗고 이렇게 더러워지는데. 그때 세번째 도착자가 나타났다. 이런 바닥은 청소하기 쉬워. 물만 뿌리면 될걸. 초록색 미니스커트에서 들려오는 목소리다. 위를 올려다보자 활짝 웃는 그 사람.

우리 사이에 달콤한 향기가 흐르는 것이 기쁘다. 카 역시 웃는다. 물만 뿌리면 되는 거였어. 그래. 초록 스커트를 넓게 펼치며 세리나가 앉는다. 그녀의 담배에서 불이 반짝 밝아지고 또 밝아진다.

그것은 사실이었다. 네번째 도착자가 의자에 가방을 걸고 있을 때 흰옷 입은 사람이 바닥에 물을 뿌리며 지나갔다. 푸른 눈의 폴은 푸른 셔츠를 입었다. 세리나부터 차례로 가볍게 포옹하는 그에게서 좋은 냄새가 난다.

세리나가 폴의 향기에 대해 이야기한다. 폴이 웃는다. 카가 턱에 손을 받친 채 웃는다. 반짝이는 타일 위에서 우린 마지막을 기다린다.

# 계단이 있는 야외 테이블

야외 테이블에 세 사람이 앉아 맥주를 마신다
맥주를 마시다 담배를 피우면 좋은데
담배를 피우다 테이블에 탁탁 털면 좋은데

테이블은 금연이고
춥고 지붕이 없고
담요가 없고
야외가 없고
벽이 있고
계단이 있고

사람들은 계단으로 자꾸만 내려와
모두 이곳에 잠긴다
홍수가 나도 소용이 없다

맥주 마시러 오는 사람들이
도착한다

세 사람에게

수다나 침묵이 도착하면 좋은데
턱을 괴고 웃으면 좋은데

이파리들이 회오리치는 것을 본다

빈 의자 두 개에는 인형들이 앉았다
한 명은 북극곰이 틀림없는데
연보라색 머플러를 한 친구는

# 깃털들

그가 두고 간 가방에서 물이 떨어지고 있었다

하필이면 화장실에 간 사이
시작된 이것은 무엇인가

테이블에 있는 와인을 모두 마시고

후에도 돌아오지 않았지

그를 기다려야 하는데
값을 치러야 하는데
식당 주인은 자꾸만 그냥 가라며
문을 열어준다

물을 흘리는 당신 가방을 안고
갈 수 있는 곳은 어디일까

말을 잃은 것들이 잠깐 동안 열린다
입구로 들어왔다 출구 없이 사라지는

# 새로운 서막

너무 멀면 내가 갈게.

아니야. 중간쯤에서.
그래. 중간쯤에서.

그런 곳에서 만나 와인 마시고 놀았다
산책도 하고
손도 잡았다

다시 중간쯤에서
각자의 장소로 돌아가는데

플랫폼에 길게 서 있는 걸 보았지

지하철 칸에 실려 빠르게 이동되는 날
보며 웃고 있었지

멀어도 소용이 없고
가까워도 없고

너는 오고
항상 오고

# 빛의 시제

조대한
(문학평론가)

독일의 극작가 하인리히 폰 클라이스트는 「말하는 동안 생각이 점진적으로 생성되는 것에 대하여Über die allmähliche Verfertigung der Gedanken beim Reden」라는 글에서 언어와 생각의 상관관계에 관해 주목할 만한 언급을 남긴 바 있다. 그는 프랑스혁명사에 기록된 유명한 일화 하나를 사례로 든다. 1789년 6월 23일 국민의회의 해산 명령을 들고 찾아온 왕실의 의전장 브레제 후작에게 미라보는 '총검의 힘에 의하지 않고서는 우리들을 해산시킬 수 없다'는 식의 강경한 대답을 내놓는다. 제3신분의 의지를 대표하는 미라보의 발언은 당시의 국민의회를 상징하는 문구가 되었고 이후 역사는 익히 알려진 투쟁과 혁명의 소용돌이에 휩싸이게 된다.

클라이스트는 미라보의 이 기념비적인 발언이 우연의 산물이었을지도 모른다는 흥미로운 가설을 내세운다. 당시 미라보는 왕의 명령을 대신하는 이를 맞이하여 내뱉은 말의 흐름과 열기에 취해 점차 마음이 고조되었고, 결국 연설의 끝에 이르러 처음엔 생각지도 않았던 혹은 무의식중에 감추고 있었던 폭력과 혁명의 수단을 언급하며 자신의 발언을 완성시켰다는 것이다. 클라이스트는 그 순간 대화를 나누던 이들의 말을 이끌어냈던 미미한 입술의 떨림, 옷소매의 작은 움직임 등이 프랑스의 역사적 격변을 초래한 직간접적인 원인이었는지도 모른다는 이야기를 덧붙인다. 즉 우연히 꺼낸 말과 문장들에 의해 화자 스스로의 생각 또한 새로이 생성될 수 있다는 것, 한발 더 나아가 그렇게 선언된 언어들이 이후 본인의 삶과 세계의 운명을 예언하는 표지가 되기도 한다는 것.

그의 주장은 말과 글을 다루는 일에 온 힘을 쏟는 이들에게 적지 않은 여운을 남긴다. 자신이 만든 시편과 문장들 속에 훗날 생의 일면이 언명처럼 선언되어 있었던 현대시사의 여러 시인들을 떠올려보면 더욱 그렇다. 물론 퇴고가 가능한 지면의 언어와 구두로 발화되는 언어는 즉발성과 우연성의 정도에 차이가 있을 것이다. 그러나 아무리 계획적으로 낱낱의 단어와 시편을 직조해낸들 그것이 수십 편의 작품이 담긴 시집 단위로 확장된

다면 발화자조차도 모든 배치와 상응의 효과를 통제할 수는 없는 노릇이다. 무엇보다 텍스트의 집합체를 통해 건네진 시인의 발화가 개별 독자들에게 어떤 형태와 방식으로 수용될지 추측이나 짐작 외에는 알 도리가 없다. 그러니 한 시인의 시집은 수많은 선택지와 가능성들이 잠재되어 있던, 미라보의 그 대화의 장에 다름 아니다. 물론 그곳에서 포착된 낱말과 어미, 행간의 침묵과 떨림, 이미지의 움직임들을 경유하여 다다른 결말의 모습은 온전히 각자의 몫일 것이다.

김이강 시인의 세번째 시집 『트램을 타고』를 읽은 뒤 우리는 과연 어느 목적지에 도착해 있을까. 어떠한 대답도 선부르기에 우선은 아름다운 한 편의 시에서 이야기를 시작해보자. 「클레르의 빛」이라는 작품 속 화자는 '클레르'의 모습을 바라보고 있다. 아니 정확히는 "클레르의 강물" "클레르의 빛" "클레르의 빗물" 등 그를 이루는 빛과 색의 형상을 관찰하고 있다고 말하는 편이 옳겠다. 클레르의 관찰자는 사랑하는 이를 만난 그의 꿈의 산책을, "오렌지빛 석양"에 둘러싸인 "클레르의 바다"와 형체 없는 비석을, 하염없이 쏟아지는 빛의 눈부신 중첩을 그려낸다.

한편 「서머타임」에서 관찰의 피사체가 되고 있는 대상은 '평희'라는 이름의 인물이다. 화자는 "밀짚모자"를 쓰고 "밭이랑을 따라 해안선까지" 걸어가는 평희의 모습을 멀찍이서 지켜본다. 함께 마루에 눕기도 하고 저녁 식사를 같이 해 먹기도 하는 둘의 모습은 앞서의 작품보다 시적 주체-대상의 거리가 조금 더 물리적으로 가까워진 듯한 인상을 풍기기도 한다. 다만 "저 애가 가는 곳은 어디일까"라는 모호한 독백의 문장이 발화된 이후 그와의 거리감은 사뭇 달라진다. 혼자 돌아온 것 같은 화자는 마루에 앉아 지도를 살피고 외따로 해안 길을 걷는다. 평희의 것인지도 확실하지 않은 "같은 모양의 모자"만이 끝나지 않는 백야의 빛 속에서 그의 유일한 흔적으로 남아 있을 뿐이다.

빛과 대상을 그리는 구도 외에는 밀접한 공통점을 찾기 힘든 두 시편들이지만, 보다 자세히 살펴보면 양쪽의 작품은 모두 특정한 시간이나 상황을 가정하고 있다. 그것은 '-면' '것이다' 등 가상의 조건과 미래의 시제를 만드는 어미들의 문장에서 두드러지는데, 가령 「클레르의 빛」에서 클레르가 꿈꾸던 사랑이 이루어지는 조건은 전적으로 관찰자에게 달려 있다. 겹겹의 빛과 "이상한 색들이 섞여" 만들어진 존재가 클레르임을 깨닫게 된 시적 주체가 "그런 게 모여 클레르가 되었던 것이구나 생각하면", 그제야 "클레르는 비로소 사랑을 할 수 있다". 「서머타임」에서 평희의 모습은 후반부를 향해 갈수록 온전히 체감되지 않는다. 신기루처럼 사라진 그가 처음부터 상상의 산물이었는지 아니면 헤어짐 뒤의 그리움으로 다시 기억해낸 존재였는지 명확히 알 수는 없다. 화자는 그저 밀짚모자를 쓴 평희가 이전처럼 "해안선을 따라 걷고 있을 것이다"라는 바람에 가까운 추측을 내뱉으며 담담히 시를 끝맺는다. 어쩌면 이 세계에 기록되지 않았을 그들은 시인이 바라보는 오렌지빛 석양의 편린 속에서만, 끝나지 않는 빛의 계절에 잠시 생겨났다 사라지는 가상의 서머타임 속에서만, 오랜 관찰의 시선과 그보다 긴 행간의 침묵 속에서만, 유예된 망설임과 아름다운 예감의 문장 사이에서만 현현하는 존재인 듯싶기도 하다.

내일이 되어도 저는 이곳에 갇혀 있습니다. 그건 오늘이에요. 오늘도 어제가 되고 어제도 언젠가 마지막이 되어 꼼짝없이 갇혀버릴 것이죠. 우린 시간이 없다고 생각한 적이 없는데 시간은 늘 있다고 생각한 적도 없이. 와인 마시지 않았나요? 걸어 다니고 손을 잡고 길가에 늘어선 상점들을 구경하고요. 비 내리는 화요일. 어디엔가 있다고 생각하면 좋은 것들 중 하나이죠.

그건 꿈도 희망도 아닌데. 우린 어느 극장에 나란히 앉습니다. 막이 오르기 전 안내 요원들이 우리에게 다가와 이야기합니다. 극장 내에선 물을 제외한 음식물을 드실 수 없습니다. 당신과 내가 키득거리며 막대사탕을 깨물어 먹기 시작할 때 무대에 불이 켜집니다. 조명은 때때로 우리를 향하고요. 눈이 부셔서 가늘어지기도 합니다. 당신에게 패션쇼에 가자고 말하자 눈이 부셔서 싫다고, 그날 그렇게 정했죠.

비 내리는 화요일. 천변을 걷습니다. 오른 다리 왼 다리 번갈아가며. 오른팔 왼팔 번갈아 공평하게. 다리 아래 벤치에 다리를 포개어 앉은 당신이 멀리서부터 나를 바라보고 있습니다. 서로를 향해 가늘어지고 있습니다. 나는 당신을 발견합니다. 인형을 든 손을 높이 들어 흔들자 당신이 손을 길게 뻗습니다. 손들이 비에 젖어가고 있습니다.

—「화요일에 비가 내리면」 부분

인용된 위 시편은 가정된 시적 상황이 보다 잘 드러나는 작품이다. 화자인 '나'는 "오늘도 어제가 되고 어제도 언젠가 마지막이 되"는 "꼼짝없이 갇혀버"린 시간 속에서 살아간다. 표제에서 비교적 선명하게 드러나듯 아마도 그건 "비 내리는 화요일"의 시간인 듯싶다. 월요일의 분주함도 주말이 가까워지는 설렘도 느껴지지 않는 무감한 요일에 어쩌다 반가운 비 소식이 겹치는 실로 흔치 않은 그런 날, 나는 당신과 어떤 약속을 했던 것 같다. "천변을 걷"는다는 사실 외엔 약속의 내용이 구체적으로 제시되지 않지만, 그때마다 함께 와인을 마시고 "상점들을 구경하"며 "손을 잡고" 극장을 방문하는 모습으로 미루어볼 때 나와 그의 관계는 제법 친밀해 보인다. 하지만 그 장면들이 "어디엔가 있다고 생각하면 좋은 것들"에 대한 행복한 상상처럼 손에 잡히지 않는 듯 느껴지는 건 왜일까.

낡은 극장에서 "키득거리며" 몰래 "막대사탕을 깨물어 먹"는 당신과 나의 다정한 모습은 "앉습니다" "이야기합니다" "켜집니다" "향하고요" 등 명확한 현재형의 종결어미로 서술되어 있다. 그러나 영원한 '오늘'과 '이곳'에 갇혀 있다는 나의 고백은 아름다운 그 장면들조차 모두 부서지는 빛처럼 흩어지게 될 것만 같은 예감을 거두지 못하게 만든다. "꿈도 희망도 아닌", 아직 오지 않은 오늘 속에 영구히 유배된 이 화요일의 비 내리는 시간을 무어라 지칭할 수 있을까.

김이강 시의 기이한 시간성을 설명하기 위해 '전미래 시제'라는 용어를 빌려올 수도 있겠다. 이는 한국어 문법으로 따로 표기되지 않는 시제로서, 미래에 일어날 모종의 사건이나 행동보다 앞서 완료될 시점을 표현할 때 사용되곤 한다. 예컨대 '화요일에 비가 내리면 당신과 천변을 산책할 것이다'라는 문장 내에서, '당신과의 산책'이 행해지기 이전에 충족되어야 하는 '화요일에 내리는 비'가 바로 미래보다 상대적으로 앞선 전미래 사건에 해당한다. 프랑스의 철학자 중 일부는 이러한 전미래 시제를 자신들의 철학적 개념으로 끌어들여 활용하기도 한다. 살펴보았듯 전미래는 미래 사건의 원인이자 근거로서 기능하지만, 그것은 상대적으로 앞서 수행될 미래일 뿐 그 또한 현재 시점에서는 아직 발생하지 않은 공허한 준거에 불과하다. 하여 전미래의 시간을 향한 끝없는 실천을 통해 도착하지 않은 미래를 강제로 당겨 와야 한다는 것이 그들의 설명이다.

물론 특정한 윤리적 목표에 당도하기 위해 적극적으로 미래를 앞당기는 주체의 이 같은 적극성과 강인함은 일견 조곤조곤하고 유려하게 발화되는 시인의 작품들과는 다소 어울리지 않는 톤을 지닌 것처럼 보인다. 그렇지만 "모든 게 현재형인 상태로"(「데이빗 안젤라 티리에」) 서술되어 있음에도 어째서인지 현실과 격리되어 있는 듯한 모순된 감각을 선사하는 시인의 시편들을 일부나마 이해할 수 있게 만든다. 작품 내 가정된 시적 상황과 비현실적인 시제들은 단순히 꿈과 환상을 형상화한 것이 아니라, 세계의 운명을 앞당겨 선언한 미라보의 그 언명처럼 시인과 독자 사이에 놓인 대화의 장을 이끌고 가는 원동력이자 훗날 도착할 미래의 준거가 되어주는 듯하다. 지금껏 시인이 해온 것처럼 형체 없는 누군가의 비석을 빛으로 애써 조탁하다 보면, 아무도 오지 않는 텅 빈 해안을 "우리가 남아서 걸어가면"(「우리가 남아서 걸어가면」), 그렇게 지금과 "가까운 미래들이 반음계씩 내려가면"(「여름 정원」), 언젠가 우리는 아직 오지 않은 현재와 이미 일어난 미래 사이를 진동하는 새로운 시의 문법 하나를 얻게 될 수도 있지 않을까.

다만 이 같은 설명은 김이강 시의 특성 일부를 해명하는 것인 동시에 그의 작품이 지니고 있는 구체적인 질감들에 대해서는 아무 말도 하지 않은 것이기도 하다. 시간과 빛이 혼재된 전미래의 시공간이 어떠한 모습과 형태를 띠고 있는지 그 세목을 조금 더 자세히 살펴볼 필요가 있겠다. 우선 그곳의 풍경들은 빈번하게 여름의 계절, 혹은 늦은 오후와 저녁 사이의 시간을 그리고 있다. 시적 화자는 여름 한낮에 누군가와 함께 도심의 명소를 방문하거나(「창경궁에 갔다」), “석양을 받”으며 트램을 타고 산책을 한다(「나와 클레르의 오후」). “태양이 덮쳐오는” 여름 오후의 해변을 즐기기도 하고(「서머타임 클레르」, p. 55), 강가에서 여름 바람을 맞으며 번갈아 와인을 마시기도 한다(「여름 잎사귀」). 그곳은 빛의 질량이나 변화가 풍부하게 감각되는 시공간이자, 도심 속 섬처럼 일상 한가운데 뚝 떨어져 그 흐름을 잠시 멈추는 듯한 인상을 주는 시적 배경이다.

오후 네 시
언덕은 한가하고 구불거리고

이 마을엔 고양이가 많고

고양이에게 오후의 빛이 있다
그들 자신의 눈빛이 비쳐 드는 순간

서점에서 놓쳐버린 잡지를 사려고 했지만
주인은 팔지 않는다고 한다
오후 네 시가 되기까지
서점 창가에 앉아
순종적으로 그것을
읽는다
해가 많고
마을이 많고
네가 많고
많고도 많은 오후

그 책은 특별판이고 희귀본이기 때문에
앉아서 읽고 가는 일만 허락하겠다고
주인은 다시 말한다
바로 당신을 위해

내려다보이는 언덕의
구불구불한 길들을
차근차근 되짚었다
다닥다닥 붙어 있는 이층집들 삼층집들

어떨 땐 너무 헐거운 방범 창살
너무 투명한 유리창 실내
깨지기 직전의
오후 네 시 직전

책장을 처언처언히 넘기면
넓고 둥글어질 수 있다

너는 제시간에 도착한다
안부를 묻지도 않고 다가와
이 책을 함께 짚어갈 것이다

골목 골목길
좁은 집들 낡은 집들
작은 구름 구름
낮은 겨울 겨울

—「해방촌 언덕」 전문

위의 시 역시 "해방촌 언덕"의 한가한 "오후 네 시"의 정경을 그리고 있다. 그곳의 오래된 책방에서 '나'는 지나간 잡지를 펼쳐 읽고 있다. "그 책은 특별판이고 희귀본이기 때문에/앉아서 읽고 가는 일만 허락하겠다고" 말하는 책방 주인에 뜻에 따라, 나는 "순종적으로" "서점 창가에 앉아" 있다. 해와 고양이와 낡은 집과 오후의 빛이 넘치는 이 풍경은 특별판의 일독처럼 나에게 아주 잠시만 허락된 찰나의 시간인 듯하다. "책장을 처언처언히 넘기면" 이 짧고 드문 순간조차 한없이 "넓고 둥글어질"지도 모르기에, 나는 게으른 고양이의 기지개처럼 그 시간을 천천히 이완시키려 한다. 시간을 연장하고 싶은 시적 화자의 마음은 반복되는 시어, 행갈이 등의 형식에서도 잘 드러난다. 시는 창밖의 골목과 주변의 풍경을 차근차근 되짚은 뒤 "제시간에 도착한" '너'와 "이 책을 함께 짚어갈 것이"라는 전미래의 다짐을 또 한 번 기쁜 예언처럼 남기며 마무리된다.

여기에서 우선적으로 주목해볼 만한 점은 작품 속에서 형상화되고 있는 빛과 오후의 시적 공간이 안과 밖을 가르는 경계 혹은 벽의 이미지로 제시되어 있다는 점이다. 그곳은 "깨지기 직전의" "너무 투명한 유리창" 같은 곳이자, 손쉽게 침입을 허락할 듯이 "너무 헐거운 방범 창살"로 둘러싸인 장소이다. 이 같은 경계면의 이미지는 시집 내에서 테라스와 실내, 유리창의 안과 밖, 문과 서랍의 내외부, 바닥의 표면과 이면 등으로 여러 차례 모습을 바꾸어 되풀이된다. 이를테면 「앵무새 피노키오 타자기 지중해」라는 시편에서는 "유리 너머로" 바라본 '모자'의 이야기가 서술된다. 화자인 '나'는 친구들과 함께 처마 밑에서 비를 긋다가 유리창 안쪽의 "오래전부터 만들어 놓았을 모자들"을 홀린 듯 구경하기 시작한다. 우리는 "푸르고 붉은" 각양각색의 모자들을 "앵무새로" "피노키오로" "타자기로" 보라색 "바다"로 "착각했었다. 하지만 얼마 지나지 않아 나타난 "붉고 둥근 모자를 쓴 할머니가" 느리게 이쪽으로 다가와 "열쇠를 돌려 문을 열었"고, 이유 모를 공포에 휩싸인 나와 친구들은 모두 그곳에서 도망쳐버렸다.

아직 문이 열리지 않은 그곳에서 유리창 안을 들여다보았던 잠시 동안 안쪽의 존재와 바깥의 언어는 서로를 뒤섞어 아름다운 빛의 착시를 만들어내었던 듯하다. 그러한 질적 변화는 분명 아름답지만 동시에 무척이나 두렵고 섬뜩한 것이기도 하다. 그것은 단순히 너머의 "문 하나를 여는 일"이 아니라, 낯설고 유독한 시간의 "다른 공기 속으로 들어가는 일"이자 미지의 어둠을 현재의 이곳으로 끌고 나오는 일이기도 하기 때문이다. "틈새로 다른 세계의 것들이/들어가고 나오기를 반복하"(「보수 공사」, p. 83)는 곳, "레코오드판 바늘 튀어 오르듯" "조금만 움직여도 다른 세계로 옮겨 가는"(「호숫가 호수 공원」) 그 경계의 시공간은 지금의 나를 무너트릴 만큼 위험하기에 불가피하게 매혹적일 수밖에 없다.

마지막으로 시적 화자와 함께 등장하는 인물들에 대해서도 이야기를 덧붙일 필요가 있다. '당신' '너' '그 사람'으로 모호하게 지칭되기도 하는 그들은 클레르, 평희,

남경, 세희, 에릭 등 다양한 시적 존재들로 변주되어 그곳에 나타난다. '나'는 그이와 함께 테라스에서 만나 책을 읽기도 하고(「혜화동, 테라스 작업」), "지팡이 짚고 걷는 노인처럼" 너의 손을 잡고 느릿느릿 거리를 산책하기도 한다(「평희에게 말했다」). 혹은 "튀어나온 뼈"를 어루만지거나 들여다보며 가만히 서로의 체적을 느끼기도 한다(「우리의 뼈였던 것」).

흥미로운 것은 나와 네가 만나는 장소들이 종종 경유지나 정류장의 형태로 그려진다는 점이다. 우리는 으레 애매한 "중간쯤에서"(「새로운 서막」) 만난다. 그것은 "네가, 가니/내가, 가니"(「버스 정류장」) 하며 약속 장소를 두고 실랑이를 벌이는 우리들의 의견이 매번 그 점이지대 즈음에서 절충되기 때문이겠지만, 나와 너의 산책이 뚜렷한 이유나 목적이 없는 걸음이기 때문이기도 하다. 목적지보다 앞서는 나와 너의 걸음은 단순한 유희나 방랑이라기보다는, 정해지지 않았던 발걸음의 이유를 스스로 채워가는 움직임에 가깝다. 아마도 그것은 뚜렷한 도착지가 있는 걸음보다 오히려 힘든 여정일 것이다. 어떠한 실체에도 기대지 못한 채, 자신들의 언어와 행동으로만 공허한 삶의 목적들과 "아직 이르지 못한 이야기"(「여름 정원」)의 세부들을 채워나가야 하는 까닭이다.

그럼에도 여전히 해명되지 않는 의문은 나의 외롭고 고된 걸음걸이 옆에 늘 함께하는 타인들의 정체이다. 이들은 대체 무엇이고 시인은 왜 그토록 많은 공을 들여 이들을 거듭 형상화하는 것일까.

다르는 생각한다. 다르는 그 애의 이름을 명으로 기억한다. 아마 정확한 기억일 것이다. 이상하게도 명의 얼굴을 떠올리면 사진에서 본 자신의 어린 얼굴이 그 애의 자리에 들어가 있다. 어느 순간엔 섬뜩해지기도 하는 기억의 형체에는 어떤 실마리도 없다. 그냥 그 자리에 그렇게

다르는 있다. 내내 생각을 한다고 여겨지면서. 시계탑 아래에서 나쁜 일을 목격 중인 듯이. 근처엔 유치원이 있고 놀이터가 있다. 다르는 방으로부터 멀리 떨어져 나왔음을 깨닫는다. 개를 데리고 나오지 않은 것은 잘한 일이다. 둘이서 타기에 알맞게 짜인 두 개의 그네. 다르는 하나인데 두 개의 그네에 앉아버린 기분이 든다. 아이들이 바람을 가르며 깔깔 웃는 기분이 든다. 모두가 떠난 후에야 다르는 텅 빈 유치원 내부를 가로질러 바깥으로 나온다. 단단하게 짜인 새벽의 통로들이

다르를 넘나드는 것 같다. 여러 갈래의 좁은 길들이 나타났을 때 다르는 낮은 주택들이 이어진 마을을 지날 수 있었다. 만화책 속에 들어온 것처럼 산뜻하고 길쭉해진 다르. 명의 얼굴이 시무룩한 표정으로 기억되는 것은 사진

속 다르의 어린 얼굴 때문일지도 모른다. 다르는 이 동네
가 마음에 든다. 어딘가 도서관이 있으면 좋을 것 같다고

다르는 한여름의 고요한 도서관을 상상한다. 도서관을
찾을 때까지 새벽 거리를 걸어보자고 결심할 무렵 다르를
찾으러 나온 친구들이 멀리서 이쪽을 보며 서 있다. 이제
곧 도서관을 발견해낸 후 강가로 나가서 와인을 마시고 싶
어질 다르가 길 건너편을 향해 크게 외친다. 나아! 아직 더
갈 거야아! 온 힘을 들여 외쳤는데

공들여 바라보니 모두 다른 애들 같기도 나무 같기도
공터 같기도

—「다르의 새벽」 부분

위 시편의 화자인 '다르'는 누군가를 회상하고 있는 듯하다. "다르는 그 애의 이름을 명으로 기억한다." 다만 안타깝게도 정확히 기억나는 이름과는 달리 그의 얼굴 이미지는 명료히 떠오르지 않는다. 명의 얼굴을 그려보려 할 때마다 하얗게 비어 있는 그 자리엔 "자신의 어린 얼굴"이 채워져 있다. 그럴 때면 "다르는 하나인데 두 개의 그네에 앉아버린 기분이 든다". 이유 모를 두려움과 우울함을 달래기 위해 다르는 이따금 유치원 바깥으로 나와 동네를 산책한다. 아직은 빛이 드문 새벽의 미명 아래 "한여름의 고요한 도서관"을 상상하며 한참을 걷다

보면 혼자가 된 다르를 마중 나온 친구들을 발견하기도 한다. 한데 한참을 바라보니 손을 흔드는 반가운 친구들마저 어딘가 "다른 애들 같기도" 하여 괜히 낯설고 서먹한 기분이 들기도 한다.

희미한 형체로 남아 있는 명의 얼굴을 떠올리며 다르가 느꼈던 정체 모를 감정의 이름은 서술되어 있듯 아마도 '섬뜩함'일 것이다. 그리고 낯선 타인에게서 익숙한 자기 모습을 발견했을 때 감각되는 이러한 감정에서 프로이트가 떠오르는 것은 당연한 수순일 것이다. 이제는 특정한 감정의 고유명사가 되어버린 「언캐니Das Unheimliche」라는 제목의 글에서 그는 기차에서 만난 한 남자의 이야기를 꺼낸다. 화장실 칸에서 나온 남자가 그가 머물고 있는 객실 안으로 들어오는 것을 보며 그는 약간의 불쾌감을 느꼈다. 착각을 한 남자에게 이야기를 건네려 자리에서 일어난 프로이트는 얼마 지나지 않아 더욱 커다란 공포감을 느꼈는데, 그가 바라본 곳에는 낯선 남자의 얼굴이 아닌 자신의 얼굴이 비친 투명한 거울이 놓여 있기 때문이었다.

타인의 얼굴에서 친숙한 자기 모습을 대면하는 순간 느껴지는 이 같은 섬뜩함은 쌍둥이처럼 짝을 이루며, 익숙한 곳에서 문득 기이한 불일치를 발견할 때 생겨나는 감정이 되기도 한다. 반갑게 손을 흔들던 친구들이 정체를 알 수 없는 타인처럼 느껴질 때, 다정했던 그 사람이 어느 순간 만들어진 "모형 인간 같다"는 생각이 들 때, 낯설고 "딱딱하게 굳은 것들이 조금씩 우리의 저녁으로 비집고 들어"(「서머타임 클레르」, p. 57)올 때, 평생을 무감하게 살아가던 한 사람이 어느 날 불현듯 "우리에게 해로운 중력을 알아차"(「타이피스트」)리게 되었을 때, 이질적인 저 너머의 풍경을 있는 그대로 내보이던 얇은 유리창이 실은 우리의 모습을 투명하게 비추고 있었다는 사실을 깨달았을 때 그 섬뜩함은 더욱 가중될 수밖에 없다.

그러니 김이강 시인의 몇몇 작품들을 읽으며 차분히 빛나는 고요한 아름다움의 정동과 정체 모를 이면의 섬뜩함을 함께 느꼈다고 한다면 그것은 어쩌면 당연한 일일지도 모른다. 시인이 형상화하고 있는 모호한 시간과 이국적인 풍경들은 단순히 꿈이나 환상의 일면으로 기능하는 것이 아니라 "꿈도 아니고 전생도 아닌 곳"(「클레르의 빛」)을, 아무렇지 않게 평온함을 유지하고 있는 이곳의 풍경을, 멀쩡히 작동하고 있다는 사실에 그 누구도 "수상한 기분"(「정동, 테라스, 사건들」)을 느끼지 않는 현실의 기괴함을 천연덕스레 드러내고 있기 때문이다.

이런 독해들과는 무관하게 시인은 여전히 누군가를 만나고 산책을 하고 아주 가끔씩만 멈춰 서서 그곳에서 부서지는 햇빛의 결과 느릿느릿 움직이는 달팽이의 배밀이를 살필 것이다. "햇살이 털실 뭉치처럼 굴러다니는" 어느 여름날의 오후 우리 또한 그와 "손잡고 천천히 걷"(「호숫가 호수 공원」)다 보면 예상치 못했던 서늘한 숲길 끝에 도착할 수 있지 않을까. 그렇게 걸어가며 바라보았던 시간들을 뭉쳐 환히 비추다 보면 이곳의 모습도 조금쯤 달리 그 모양을 바꾸게 되지 않을까. 물론 당신이 도심 어딘가에서 만나게 될 시인은 반가이 손을 맞잡고 한낮에 어울리지도 않을 와인을 건네며 그저 햇살처럼 배시시 웃고 말겠지만 말이다. ▨